막내 도토리는
'언제까지나'라는 말을
조그맣게 따라 했어요.
그 말이 마음에 들었거든요.

깨지지 않는
단단한 약속 같았어요.

윤성은

사회복지학과 심리학을 공부했습니다. 2021년 불교신문 신춘문예 동화 부문에 당선되며 작품 활동을 시작했습니다.

그동안 쓴 책으로 『금순이가 기다립니다』, 『안녕, 내 사랑』, 『너의 작은 친구 이지룡』, 『하루하루 오하루: 새똥을 세 번 맞은 날』 등이 있습니다.

김주희

한국예술종합학교 건축과를 졸업하고 영국 센트럴 세인트 마틴 예술대학에서 일러스트레이션을 전공하였습니다.

생물의 다양성과 생태계의 신비로움을 그림으로 이야기합니다.

봄날의 아콩이 | 고래뱃속 창작동화 ◦ ◀

1판 1쇄 2025년 2월 17일 | 글 윤성은 | 그림 김주희 | 편집 백지원 백다영 강민지 | 아트디렉팅 이인영 | 디자인 림어소시에이션
찍은곳 동인AP 031. 943. 5401 | 펴낸이 김구경 | 펴낸곳 고래뱃속 | 출판등록 제2021–000057호 | 주소 서울특별시 강서구 강서로56가길 37, 502호
전화 02. 3141. 9901 | 전송 0303. 3448. 9901 | 전자우편 goraein@goraein.com | 홈페이지 www.goraein.com | 페이스북 goraein
유튜브 goraein | 인스타그램 고래인 goraein, 고래뱃속 goraebaetsok | Copyright ⓒ 윤성은, 김주희, 2025 | ISBN 979-11-93138-64-9 73810

제품명 봄날의 아콩이 | 제조자명 고래뱃속 | 제조국명 대한민국 | 인증유형 공급자 적합성 확인 | 사용 연령 7세 이상 | 주소 서울특별시 강서구 강서로56가길 37, 502호 | 전화 02.3141.9901
제조일 2025년 2월 17일 | KC마크는 이 제품이 공통안전기준에 적합하였음을 의미합니다. | ⚠ 주의 아이들이 책을 입에 대거나 모서리에 다치지 않게 주의하세요.

봄날의 아이

여섯이 글　김주희 그림

고래뱃속
GORAEBAETSOK

도토리 키 재기

커다란 나무가 있어요. 굴참나무예요.

굴참나무의 초록빛은 어제보다 조금 옅어졌어요. 여름이 끝나 가고 있거든요. 굴참나무에는 도토리들이 매달려 있어요. 거칠거칠한 털모자를 쓴 도토리들이에요. 도토리들은 아침에 눈을 뜨자마자 이런 대화를 나누죠.

"내가 더 커."

"아니야, 내가 더 크거든."

서로 자기 말이 맞다고 엄마까지 부르며 조잘대요.

"엄마, 얜 왜 이렇게 쪼끄매요?"

"엄마, 얘가 할 말은 아닌 것 같아요. 얜 나보다 더 작잖아요."

"엄마, 내가 볼 때 애네들 다 거기서 거기예요. 내가 제일 크지 않아요?"

도토리의 엄마가 누구냐고요? 물론 굴참나무지요.

도토리 형제들이 키 재기를 하는 동안 막내 도토리는 부러운 듯 쳐다보기만 해요. 막내 도토리는 도토리 중에서도 제일 작거든요. 다른 도토리들이 모자처럼 쓰고 있는 깍지가 막내 도토리에게는 너무 커요. 몸을 거의 다 덮어 버릴 정도이지요. 도토리들은 걸핏하면 막내 도토리를 깔봤어요.

"쟤는 너무 작아."

"그래서 잘 보이지도 않지."

"목소리도 개미 소리만 해."

막내 도토리는 아무 말도 못 하고 엄마 굴참나무 가지에 붙어 있어요.

어느 날 오후, 도토리 형제들이 낮잠을 자고 있을 때였어요.

"엄마, 저 어제보다 커진 것 같아요?"

막내 도토리가 엄마 굴참나무에게 살짝 물었어요.

"네가 생각할 때는 어떤 것 같니?"

"잘 모르겠어요. 다른 형제들은 다 잘 자라는데 저만 안 자라는 것 같아요."

엄마 굴참나무는 이파리로 막내 도토리를 쓰다듬어 주었어요.

"네가 느끼지 못해서 그렇지, 넌 잘 자라고 있어."

"정말요?"

"그럼."

엄마 굴참나무가 빙그레 웃었어요. 막내 도토리는 잠시 생각하다 물었어요.

"엄마처럼 커다래지려면 어떻게 해야 해요?"

"하늘을 향해 나아가야지. 조바심 내지 말고 꾸준히. 급할 거 없어."

엄마 굴참나무가 하늘로 가지를 뻗으며 답했어요. 그러고는 다른 도토리 형제들이 듣지 못하게 속삭였지요.

"천천히 자라야 튼튼히 자랄 수 있거든."

엄마 굴참나무는 씩 웃어 보였어요.

"무엇보다 중요한 건, 뿌리를 단단히 내리고 살아야 한다는 점이야."

"뿌리를 내려요? 어떻게요?"

"우선 엄마한테서 떨어져야지. 그래야 흙에 닿을 수 있으니까."

"난 아직 엄마랑 헤어지고 싶지 않은데요."

"그래, 아직은 아니야. 하지만 가을이 깊어지면 생각이 바뀔걸. 너도 그때가 되면 지금보다 더 자랄 테니까. 엄마도 지금은 너희랑 꼭 붙어 있고 싶어. 너희를 더 커다랗고 무겁게 키워 내야 하거든."

엄마 굴참나무의 말에 막내 도토리가 까르르 웃었어요.

"우리가 커다랗고 무거워져요?"

"그럼! 단풍나무나 버드나무, 자작나무의 씨앗을 봐 봐. 산들바람에도 날아갈 정도로 작고 가볍잖아. 그들은 혼자 있는 걸 좋아해. 그래서 씨앗을 그렇게 만든단다. 멀리멀리 날아가 혼자서 살아가라고. 하지만 우리 참나무들은 달라. 아기들을 가까이 두고 싶어 하지. 아기들이 자라는 모습을 언제까지나 곁에서 지켜보고 싶으니까."

막내 도토리는 '언제까지나'라는 말을 조그맣게 따라 했어요. 그 말이 마음에 들었거든요. 깨지지 않는 단단한 약속 같았어요.

엄마 굴참나무는 고개를 끄덕이며 말을 이었어요.

"그래, 언제까지나. 지금처럼 딱 붙어 있지는 못해도 네가 나무로 자라나면 우리는 뿌리로 맞닿을 수 있을 거야. 그러면 우린 뿌리를 통해 서로의 부족함을 채워 줄 수 있겠지."

막내 도토리는 마음이 든든해졌어요. 자신이 자라나는 모습을 언제까지나 엄마 굴참나무가 지켜볼 거라니. 막내 도토리는 기대에 찬 목소리로 물었어요.

"뿌리를 내리고 얼마나 더 있어야 엄마만큼 커져요?"

"300년. 300번의 봄, 여름, 가을, 겨울을 보내면 된단다."

"아, 300번."

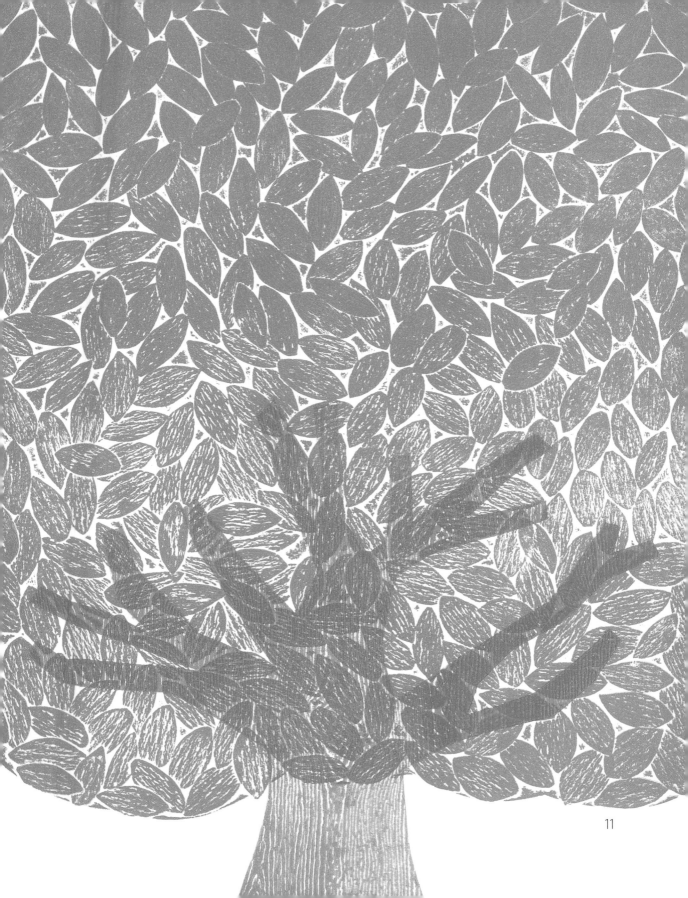

11

막내 도토리는 그 수가 까마득하게 느껴졌어요. 너무 커서 어림할 수 없었죠.

"10이 열 번 있으면 100이 되지? 100이 세 번 있으면 300이 되는 거야."

엄마 굴참나무가 알려 줬어요. 그리고 이 말도 덧붙였어요.

"그런데 살아남는 게 쉽지는 않단다, 아가야. 그래도 끝까지 버티고 살아남아야 해."

그러던 어느 날, 사람들이 이야기를 주고받는 소리가 들려왔어요.

"이곳에 자리 잡으면 어떨까요?"

"그래요, 여기까지 폭탄이 떨어지지는 않겠지요."

'폭탄'이라니. 막내 도토리가 엄마에게 물었어요.

"엄마, 폭탄이 뭐예요?"

엄마 굴참나무는 겁에 질려 몸을 떨었어요.

"사람이 만들어 낸 끔찍한 물건 중 하나야. 폭탄이 떨어질 때면 하늘이 찢어지고 땅이 갈라지는 소리가 나지. 폭탄은 자기 몸에 닿는 것을 때려 부수거나 깨트려 헐어 버려. 폭탄에 맞으면 살아 있는 모든 것들이 다치거나 죽게 된단다."

엄마 굴참나무 말을 듣고는 도토리 형제들이 바들바들 떨었어요. 정말 무서운 이야기잖아요.

엄마 굴참나무가 말을 이었어요.

"전쟁이 났어. 땅속에서 소식을 전해 들었단다. 산 너머 나무들의 비명 소리가 끊이지 않아. 뿌리를 통해 그 아픔이 전해지고 있어."

엄마 굴참나무는 괴로운 듯 이파리를 축 늘어트렸어요.

"이 사람들은 전쟁의 폭격을 피해 여기로 온 거야."

"전쟁이요?"

"그래, 이번이 처음이 아니야. 몇몇 사람은 종종 전쟁을 일으켜. 그 사람들 때문에 다른 많은 사람들이 목숨을 걸고 싸우지. 그러는 동안 애꿎은 동물과 식물도 다 같이 죽게 돼."

"왜요? 전쟁은 왜 하는 건데요?"

"욕심 때문이야."

엄마 굴참나무가 이렇게 설명을 해 줘도 막내 도토리는 전쟁, 폭탄, 폭격이라는 말이 어려웠어요. 그래도 전쟁이 무척 무서운 거라는 것만큼은 알 수 있었지요. 그건 엄마 굴참나무의 움직임과 목소리만 들어도 느낄 수 있었어요.

막내 도토리는 전쟁을 피해 굴참나무 아래로 모여든 사람들을 내려다봤어요. 머리가 하얗게 센 할머니 할아버지, 그리고 아주머니들과 아이들이 있었어요. 모두 열다섯 명 남짓 되어 보였죠. 그중 가장 어려 보이는 꼬마가 엄마 굴참나무를 껴안으며 올려다보았어요.

"우와, 엄청 크다."

막내 도토리는 반짝이는 꼬마의 눈을 보고 으쓱했어요.

"우리 엄마야."

꼬마가 자기 말을 못 알아들어도 상관없었어요. 자랑하고 싶었거든요.

그때 엄마 굴참나무가 깜짝 놀라 "아이코!" 했어요. 굴참나무 밑동에 개 한 마리가 오줌을 싼 거예요. 갈색 점박이 개였지요. 꼬마가 개에게 말했어요.

"행복아, 이 나무 멋있지?"

행복이는 입꼬리를 잔뜩 올리고 꼬리를 쳤어요. 그렇다고 말하는 것 같았어요. 엄마 굴참나무는 호호호 웃음을 터트렸어요.

"행복이가 나를 찜했네!"

엄마 굴참나무가 웃자 나뭇잎이 살랑살랑 흔들렸어요. 꼬마는 함박웃음을 짓고 엄마 굴참나무를 한참 올려다봤어요.

"그루야! 아들! 엄마 좀 도와줄래?"

멀리서 한 아주머니가 꼬마를 불렀어요. 그루라는 꼬마는 행복이와 함께 아주머니에게 달려갔어요.

평화롭지만 조금은 심심했던 숲이 떠들썩해졌어요. 사람들은 서로 도우며 집을 지었어요. 나무와 진흙, 커다란 돌로 작지만 단단한 집을 만들었어요. 엄마 굴참나무 그늘 아래에는 행복이 집도 생겼지요. 사람들은 집을 짓고 남은 자투리 나뭇가지로 새집도 만들었어요. 그러자 산 너머 전쟁을 피해 도망친 작은 새들이 엄마 굴참나무 주변으로 모여들었어요. 숲은 새들의 노랫소리로 가득 찼지요.

사람들은 숲 향기를 맡으며 새들의 노래를 들었어요. 숲에서 먹을 것을 구해 와 나눠 먹기도 했지요. 먹거리는 늘 부족했지만 새들이 날아오면 새들에게도 먹을 것을 조금씩 나눠 줬어요. 변변찮은 끼니도 나눠 먹으면 맛있어졌거든요. 배고픔이 사라지면 다 같이 둘러앉아 노래를 불렀어요. 물론 새들도 함께요. 이곳, 엄마 굴참나무가 있는 숲에서는 땅을 흔드는 폭격 소리보다 모두가 함께 부르는 노랫소리가 더 컸어요.

막내 도토리는 문득 궁금해져 물었어요.

"엄마, 정말 전쟁이 일어났어요? 여기 모인 사람들을 보면 잘 모르겠어요."

"믿고 싶지 않지만, 그렇다는구나. 아마도 사람들은 전쟁 나기 전의 삶을 잃고 싶지 않은 거겠지. 하루하루 되풀이되는, 평범하지만 반짝이는 일상을 말이야."

막내 도토리는 고개를 끄덕였어요. 엄마 굴참나무 이야기를 듣고 나니 도토리 형제들이 소중하게 느껴졌어요. 매일 지치지도 않고 서로 자기가 더 크다며 아옹다옹하지만 말이에요.

16

17

개밥에 도토리

    가을이 깊어지자 도토리 형제들은 작아진 털모자를 벗으며 땅으로 떨어졌어요. 엄마 굴참나무가 이제는 떠나야 할 때라고 알려 준 건 아니에요. 도토리들이 알아서 모자를 벗고 엄마 굴참나무의 품을 벗어난 거죠. 엄마 굴참나무처럼 커지기 위해서는 그래야만 한다는 걸 스스로 깨달았어요.

    높디높은 엄마 굴참나무 가지에서 떨어지며 도토리들은 비명을 질렀어요.

    "꺄아악!"

    툭.

"엄마, 안녕!"

투둑.

"떨어진다아아!"

투두둑.

"으아아아아아악!"

툭 투둑 투두두둑.

막내 도토리는 떨어지는 도토리 형제들을 구경했어요. 도토리 형제가 1000알 가까이 되니 그 모습이 멋있기도 했지만 한편으론 조마조마했어요. 막내 도토리는 뛰어내릴 자신도 엄마 굴참나무와 헤어져 살 자신도 없었어요. 도토리 형제들이 다 떨어지고 나서야 막내 도토리는 숨을 몰아쉬며 마음을 가다듬었어요.

"엄마한테서 떨어져서 흙에 자리를 잡고 뿌리를 내려야 해."

다짐하듯 중얼거리고는 막내 도토리가 모자를 벗으며 인사했어요.

"엄마, 우리 나중에 뿌리로 만나요!"

그리고 제법 멋지게 뛰어내렸지요.

하필 막내 도토리가 떨어진 곳은 행복이의 밥그릇 안이었어요. 엄마 굴참나무처럼 뿌리를 내리려면 흙 위에 자리를 잡아야 하는데 말이에요. 행복이 밥그릇에는 사람들이 나눠 준 먹거리가 들어 있었어요. 아침에 그루가 챙겨 주고 갔지만 행복이는 먹지 않았어요. 개집 안에 엎드려 아주머니와 그루만 기다리고 있었지요. 혼자 먹는 건 맛이 없으니까요.

막내 도토리는 잔뜩 긴장한 채 행복이에게 말했어요.

"잘 보고 먹어야 해. 난 네 밥이 아니거든."

하지만 행복이는 막내 도토리 말을 듣지 못했어요. 얼마 후, 그루가 행복이를 부르는 소리가 들렸어요.

"행복아!"

행복이는 벌떡 일어나 꼬리를 흔들었어요.

"집 잘 지키고 있었어?"

아주머니도 행복이에게 인사했어요. 그루와 아주머니 품 안엔 사람들과 함께 캐 온 산나물이 한 아름 안겨 있었지요. 행복이가 경중경중 뛰며 멍 짖었어요. 반갑다는 뜻이에요. 아주머니는 사람들과 집 안으로 들어갔어요. 그루는 행복이 옆에 쪼그려 앉았어요. 행복이가 그루의 얼굴을 마구 핥았어요. 그러곤 자기 밥그릇에 있는 밥을 조금 물어다 그루 앞에 놔 주었어요.

"나는 괜찮아. 너 많이 먹어."

그루가 이렇게 말하고 나서야 행복이는 맛있게 먹었어요. 밥이 행복이 입안으로 들어가 으깨졌어요. 우걱우걱 쩝쩝. 행복이의 침이 막내 도토리에게 뚝뚝 떨어졌어요. 막내 도토리는 행복이의 커다란 이빨을 보며 덜덜 떨었어요.

결국 걱정하던 일이 벌어지고 말았어요. 행복이가 막내 도토리를 덥석 물어 입안에 넣은 거예요.

"으악!"

막내 도토리는 온몸에 힘을 빡 줬어요. 몸을 더 단단하게 만들려고요. 행복이 이빨이 껍질을 뚫지 못하게 말이지요. 행복이가 입안에서 딱딱한 걸 느꼈는지 얼굴을 찌푸렸어요. 그리고 막내 도토리를 뱉어 냈어요.

"켁!"

그루가 막내 도토리를 보고 말했어요.

"어? 밥에 도토리가 섞여 있었네?"

그루는 막내 도토리를 손에 쥐고 자세히 살펴봤어요.

"와, 진짜 쪼끄맣다."

막내 도토리는 삐죽거리며 그루를 노려봤어요. 그루에게까지 '쪼끄맣다' 소리를 듣다니, 기분이 좋지 않았지요. 그런데 그루의 표정은 도토리 형제들과 달랐어요. 반가운 친구를 만났을 때 표정이랄까요?

그루는 엄마 굴참나무를 올려다봤어요.

"이 나무에서 떨어진 건가?"

그루의 혼잣말에 막내 도토리가 종알댔어요.

"당연하지. 그럼 하늘에서 떨어졌겠니?"

"높은 데서 떨어졌네. '으아아아아아아아아 콩!' 하고 떨어졌겠지?"

그루는 뭐가 그리 재미있는지 으하하하 웃었어요.

"이제부터 너를 아콩이라 불러야겠다."

"아콩이?"

막내 도토리는 놀란 눈으로 엄마 굴참나무를 올려다봤어요. 엄마 굴참나무가 웃으며 말했어요.

"그루라는 아이가 네가 마음에 드나 보구나. 사람들은 특별하게 생각하는 것에 이름을 붙여 준단다. 우리 식물에게는 이름이 필요하지 않지만 말이야."

"'특별', 이요?"

"그래, 특별. 그루에게 너는 보통의 도토리가 아니란 말이지. 다른 도토리보다 더 귀하다고 해야 할까?"

아콩이라는 이름을 갖게 된 막내 도토리는 얼떨떨했어요. 도토리 형제들한테는 쪼끄맣다고 놀림만 받았으니까요.

그루는 아콩이를 손바닥에 올려놓고 바라봤어요.

"너는 나 같아. 쪼끄맣지만…… 누구보다 용감하고 강하지!"

평소 아이들은 그루가 어리다고 놀이에 끼워 주지 않았어요. 그루는 형아 누나들이 노는 걸 구경만 했지요. 가만히 서서 보고만 있는 건 재미없었어요. 그래서 그루는 혼자 노는 것에 익숙해요. 하지만 이제 그루는 혼자가 아니에요. 아콩이가 있거든요. 그루는 전쟁놀이를 시작했어요. 아콩이를 높이 들고 신나게 달렸지요. 그루의 손가락 안에서 아콩이는 전투기처럼 하늘을 날아다녔어요. 그런 그루를 보고 행복이가 꼬리 치며 멍멍 짖었어요.

"우우우우우웅!"

전투기가 된 아콩이는 행복이 집 지붕 위를 아슬아슬 지나갔어요. 나무 사이를 요리조리 빠져나가기도 했어요. 그루는 침을 튀기며 전투기 소리를 냈어요.

"발사! 두두두두두두두두!"

그루는 아콩이에게 흙을 뿌려댔어요. 아콩이는 하늘로 솟아오르며 흙을 잽싸게 피했지요.

"이 악당! 퓽퓽! 퓽퓽!"

그루의 입에서 온갖 무기 소리가 터져 나왔어요.

"쿠루루 쾅쾅!"

결국 아콩이는 그루가 뿌리는 흙에 맞고 말았어요.

"으악! 후퇴하라!"

아콩이는 커다란 바위 위에 비상 착륙했어요. 흙먼지를 허옇게 뒤집어쓴 모습으로요. 그래도 용맹함을 잃지 않고 이렇게 말했어요.

"이제 항복하시지!"

그루는 상상 속의 악당을 향해 발사했어요.

"피요오오오옹, 쾅!"

마지막 한 방으로 아콩이가 이겼어요.

"와! 적을 무찔렀다!"

아콩이를 번쩍 들고 좋아서 소리치던 그루가 갑자기 힘없이 주저앉

앉어요. 그루를 따라 신이 났던 아콩이는 어리둥절했어요.

"아빠……. 아빠가 보고 싶어."

그루는 행복이 집에 기대앉아 아콩이에게 마음속 이야기를 꺼냈어요. 행복이도 그루 옆에 앉아 그루의 말을 들었어요.

"아빠는 꽃을 좋아해. 엄마랑 같이 꽃집을 했어. 그런데 전쟁이 나고 아빠는 좋아하는 꽃 대신에 총을 들게 됐어. 아빠가 전쟁에 나간 거야."

그루는 울음을 삼키며 말을 이었어요.

"엄마는 배 속에 있는 아기와 나를 지키려고 전쟁을 피해 숨었어. 엄마를 도와주고 싶은데 나는 아무것도 할 수 있는 게 없어."

그루가 눈물을 쓱 닦았어요. 행복이가 그루의 얼굴을 핥아 줬어요.

"전쟁을 일으킨 어른들은 바보야. 전쟁을 할 게 아니라 집에 가서 아이들과 전쟁놀이를 해야지. 전쟁놀이하면서는 아무도 헤어지지 않고 죽지 않아. 전쟁은 무서워도 전쟁놀이는 재미있어."

그루의 입은 웃고 있는데 눈에는 눈물이 맺혔어요.

아콩이는 마음이 아팠어요. 전쟁이 어떤 건지 조금은 알 것 같았어요.

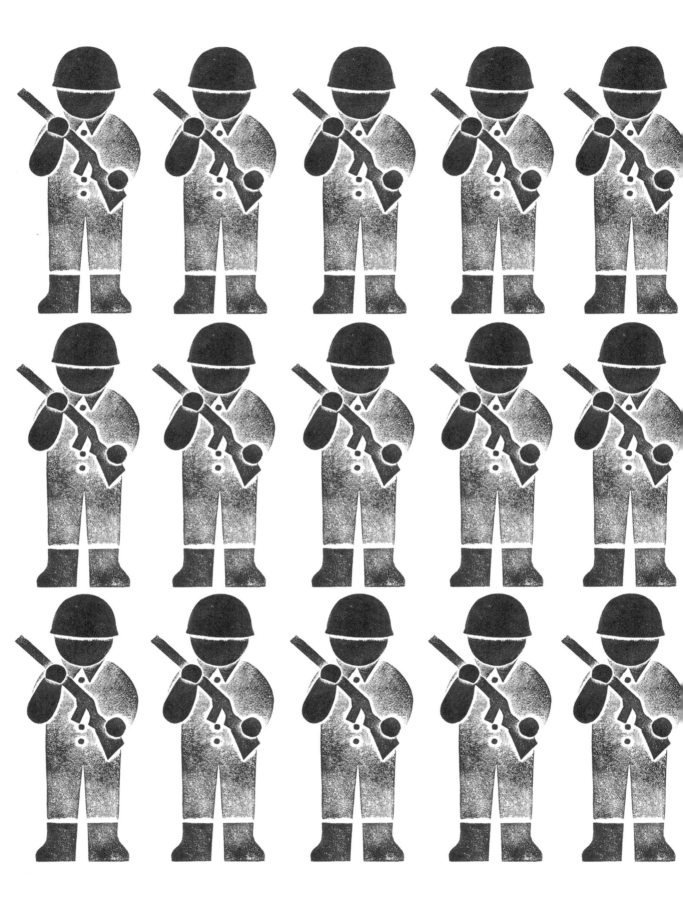

도토리 살려!

　그루는 어디를 가든 아콩이를 데리고 다녔어요. 덕분에 아콩이는 사람들이 어떻게 살아가는지 더 가까이에서 볼 수 있게 되었지요.

　사람들은 매일같이 손바닥만 한 네모난 물건으로 전쟁 소식을 전해 들었어요. 라디오라는 신기한 물건이었어요. 라디오는 지지직거리며 사람들에게 온갖 소리를 들려주었어요. 어떤 때는 사람의 말소리가, 어떤 때는 아름다운 음악이 흘러나왔어요.

　그러던 어느 날, 라디오를 듣던 사람들이 술렁였어요.

　"폭격이 다가오고 있어."

　"여기도 이제 안전하지 않아."

아주머니가 벌떡 일어나며 말했어요.

"우리 여길 떠나요."

　사람들은 서둘러 짐을 싸 굴참나무 숲이 울창한 산을 올랐어요. 오르막길을 오르는 사람들의 숨소리가 거칠어졌어요. 이마에는 땀이 송글송글 맺혔어요. 그래도 서로서로 밀어 주고 끌어 주며 부지런히 올랐어요. 그루도 한 손에는 아콩이를 다른 한 손에는 행복이 줄을 잡고 열심히 산을 올랐지요.

　아콩이가 소리쳤어요.

　"놔 줘! 난 여기 있을 거야! 엄마랑 뿌리로 만나기로 약속했단 말이야!"

　그러거나 말거나 그루는 아콩이를 꼭 쥐고 놓지 않았어요.

　"놔! 놓으라고!"

　아콩이의 간절함 덕분이었을까요? 험한 산길에 그루가 넘어지며 아콩이를 놓치고 말았어요. 그렇게 아콩이는 그루의 손에서 벗어날 수 있었어요. 땅에 떨어진 아콩이는 온 힘을 다해 굴렀어요. 떼굴떼굴 떼구르르. 엄마 굴참나무가 있는 산언저리까지 내려가려면 쉬지 않고 굴러야 해요. 땅이 고르지 않아 아콩이는 통통 튀며 내려갔어요.

　"윽, 억, 윽, 억, 윽, 억!"

　정신이 하나도 없었어요. 그러다 폭신한 무언가에 부딪혀 멈추게 되었어요.

"아휴, 어지러워라."

아콩이는 마음이 놓였어요. 자신이 태어난, 엄마 굴참나무가 있는 곳에 머물 수 있게 되었으니까요. 하지만 안심하기는 일러요. 아콩이와 부딪힌 것은 바로바로, 다람쥐였거든요. 다람쥐는 눈을 똥그랗게 뜨고 아콩이를 내려다봤어요. 아콩이는 무서워서 기절할 것 같았어요. 다람쥐는 아콩이를 지켜보며 손에 들고 있는 잣 껍질을 앞니로 벗겨 냈어요. 갈그락갈그락. 바로 그때 아콩이는 다람쥐의 무시무시한 앞니를 보고 말았어요. 아콩이가 덜덜 떨며 말했어요.

"나, 나는, 네가 먹기엔 너무 작아."

말은 이렇게 했지만 아콩이는 알고 있었어요. 다람쥐가 먹고 있는 잣보다 자기가 훨씬 크다는 걸요. 그러거나 말거나 다람쥐는 잣을 맛있게 먹었어요. 오물오물.

"나는 맛도 없을 거야."

하지만 다람쥐에겐 도토리 말이 들리지 않았어요. 어느새 잣을 다먹어 치운 다람쥐는 아콩이를 두 손으로 잡아 들었어요. 그리고 날카로운 앞니를 아콩이에게 가져다 댔어요.

"으아아악! 도토리 살려!"

다람쥐가 멈칫했어요. 아콩이의 비명을 들은 건 아니었어요. 서늘한 가을바람을 맞으며 마음이 바뀐 거지요. 다가올 겨울을 위해 도토리를 모으기로요. 다람쥐는 아콩이를 통째로 입속에 집어넣었어요. 다람쥐 입속은 축축하고 미끄덩거렸어요. 고린내도 났어요. 잠깐이라도 있고 싶지 않았어요. 하지만 입 밖으로 나갈 방법은 없었어요. 다람쥐는 한쪽 볼주머니가 볼록한 채로 숲길을 달렸어요. 아콩이는 볼주머니 안에서 다람쥐의 움직임을 느낄 수 있었어요.

다람쥐가 또다시 오뚝 걸음을 멈추었어요. 다람쥐 입이 쫙 벌어지더니 도토리 한 톨이 들어왔어요. 그리고 하나 더 들어왔지요. 이렇게 해서 도토리 세 톨이 다람쥐 입안에 모이게 되었어요. 아콩이보다 늦게 들어온 도토리들도 두려움에 비명을 질러댔어요. 이럴 수가! 그 도토리들은 아콩이에게 작다고 놀려대던 형제들이었어요. 비록 다람쥐 입안이었지만 아콩이는 오랜만에 만나게 된 형제들이 반가웠어요. 정신없이 비명을 지르던 도토리 형제들은 이내 아콩이를 알아보곤 머쓱해했어요.

"뭐야, 막내 도토리 아니야?"

"몸이 크다고 더 나을 것도 없네. 결국 우리도 막내 도토리랑 같은 처지잖아."

"같은 처지?"

"우리 모두 다람쥐한테 잡아먹히게 되는 거잖아."

도토리 형제들은 갑자기 서글프게 울기 시작했어요.

"흑흑흑, 흑흑흑!"

"엉엉엉, 엉엉엉!"

그 모습을 지켜보던 아콩이가 목소리를 가다듬었어요.

"흠흠, 걱정 마. 다람쥐 입 밖으로 나갈 수 있을 거야."

도토리 형제들이 더 크게 울었어요.

"네가 뭘 알아."

"우리는 죽은 목숨이라고."

그러자 아콩이가 또박또박 힘주어 말했어요.

"나는 다람쥐보다 훨씬 훨씬 커다란 개한테 잡아먹힐 뻔했어. 그런데 그 입에서 살아 나왔지. 그러니까 걱정 마. 그때처럼 이번에도 나갈 수 있을 거야."

도토리 형제들이 울음을 뚝 그치고 물었어요.

"정말?"

이 물음에 답이라도 하듯 다람쥐가 도토리를 다 뱉어 냈어요. 도토리들은 다람쥐가 만든 땅속 굴로 굴러떨어졌어요. 그 굴은 다람쥐가 추운 겨울을 나기 위해 만든 창고이자 보금자리였지요.

다람쥐는 계속해서 도토리를 날라다 굴 안에 넣었어요. 부지런히 도토리를 모으고 또 모았어요. 어느새 아콩이 머리 위로 도토리들이 수북하게 쌓였어요. 그렇게 해서 굴 가장 깊숙한 곳은 아콩이의 자리가 되었답니다.

아콩이는 굴속에 있는 내내 어떻게 하면 살아남을 수 있을까 고민했어요. 하지만 할 수 있는 건 아무것도 없었어요.

'난 그저 작은 도토리일 뿐인걸.'

아콩이는 시무룩해졌어요. 그러다 문득 엄마 굴참나무의 말이 생각났어요.

'살아남는 게 쉽지는 않단다, 아가야. 그래도 끝까지 버티고 살아남아야 해.'

아콩이는 자기들이 자라는 모습을 언제까지나 엄마 굴참나무가 지켜볼 거라는 말도 떠올렸어요. 그래서 마음을 다잡고 큰 소리로 말했어요.

"그래! 어떻게든 끝까지 살아남자!"

갑작스러운 아콩이의 외침에 도토리 형제들이 깜짝 놀랐어요. 그래도 힘은 좀 났지요.

가을이 끝나 갈 무렵, 다람쥐는 잔뜩 모은 도토리 위에 낙엽을 깔고 웅크리고 누웠어요. 땅속의 도토리들은 다람쥐에게 언제 먹힐지 몰라 무서웠어요. 그러나 겉으로 보기에 굴참나무 숲은 평화로워 보였지요.

불똥

어느 겨울날, 멀리서 쿵쿵거리는 소리가 들려왔어요. 전쟁이 다가오는 소리였지요. 땅이 울리고 다람쥐 굴은 곧 무너져 내릴 것만 같았어요. 아콩이는 가슴이 콩닥콩닥 뛰었어요. 말로만 듣던 전쟁을 이렇게 몸으로 겪게 될 줄은 몰랐어요.

곤히 잠을 자고 있던 다람쥐는 화들짝 놀라 굴 밖으로 나갔어요. 하지만 곧 다시 굴속으로 돌아왔어요. 겨울 날씨가 너무 차서 밖에 나갈 수 없었던 거예요. 굴 안에 들어와서도 다람쥐는 어쩔 줄을 몰라 하며 뱅글뱅글 돌았어요. 겁에 질린 건 다람쥐와 아콩이 뿐만이 아니었어요. 온 숲이 다 들썩였어요. 새들의 노랫소리가 사라지고 폭격 소리가 이어졌어요. 쿵쾅거리는 소리는 점점 더 가까워졌어요.

엄마 굴참나무가 공기 중에 위험을 알리는 향기를 뿜어내며 외쳤어요.

"도망쳐!"

이 말은 땅속 넓고 깊게 뻗어 있는 뿌리를 통해 퍼져 나갔어요.

까마귀와 어치, 고라니와 멧돼지가 폭격이 없는 곳을 향해 날아가고 달려갔어요. 개미와 지렁이, 두더지 같은 동물들도 땅속에서 나와 우르르 기어갔어요. 발을 동동 구르던 다람쥐도 그제야 굴 밖으로 나가 뛰었어요.

하지만 정작 엄마 굴참나무는 도망가지 않았어요. 엄마 굴참나무뿐 아니라 다른 나무들도 모두 자리를 지키고 서 있었어요. 그들의 아기 열매들도 마찬가지였지요. 폭격은 두려웠지만 땅을 지키는 것이 그들의 일이었어요.

그때, 어디선가 날아온 폭탄 하나가 그루와 사람들이 머물던 집을 덮쳤어요. 사람들이 다 함께 정성스레 지었던 집이 우르르 쾅쾅 소리를 내며 순식간에 무너져 내렸어요. 불똥이 여기저기 튀었어요. 불똥에서 튄 불씨가 굴참나무에 들러붙어 몸집을 키웠어요.

아콩이는 땅속 다람쥐 굴에서 숨을 죽이고 있었어요. 무서웠지만 형제들과 함께 있으니 서로서로 의지가 되었어요.

검은 연기와 뜨거운 기운이 다람쥐 굴 들머리까지 다가왔어요. 아콩이는 땅속 깊이 파고들려고 안간힘을 썼어요. 자기가 더 밑으로 내려가야 위에 있는 도토리 형제들이 불길을 피할 수 있을 것 같았어요. 하지만 아콩이의 노력에도 불구하고 도토리 형제들은 점점 뜨거워지며 까맣게 변해 갔어요. 아콩이는 울음을 터트렸어요.

"안 돼! 안 돼!"

이제, 모든 것이 다 타 버리고 검은 재만 남았어요. 엄마 굴참나무와 다른 나무들도 거뭇거뭇하게 몸통만 남았지요.

시간이 흐르고 흘렀어요. 폭격 소리는 사라졌지만 새소리가 돌아오지는 않았어요.

나무가 없는 이곳은 더 이상 동물들이 살 수 없는 곳이 되었어요. 매캐한 연기 냄새만 사방에 가득했어요. 아무 소리도 들리지 않는 땅속은 으스스했어요.

"엄마! 엄마!"

겁에 질린 아콩이가 엄마 굴참나무를 불렀어요. 하지만 답이 없었어요.

아콩이는 엄마 굴참나무를 부르다 지쳐 잠이 들었어요.

그로부터 얼마가 지났을까, 잠결에 다시 폭격 소리가 들렸어요. 아콩이는 이번에도 땅속 깊이 숨으려고 움찔거렸어요. 그런데 놀라운 일이 생겼어요. 까맣게 타 버린 도토리 형제들이 원래대로 돌아온 거예요! 반질반질한 갈색 도토리로요.

'숲이 불탄 건 꿈이었어. 정말 무서운 꿈.'

아콩이는 이렇게 생각했어요.

아콩이는 도토리 형제들과 다 함께 살고 싶었어요. 간절한 마음이 통했던 걸까요? 아콩이의 몸통에서 기다랗고 뾰족한 뭔가가 쏘옥쏘옥 삐져나왔어요. 엄마 굴참나무가 말하던 뿌리인가 하고 봤더니 뿌리처럼 생긴 팔과 다리였어요. 아콩이는 깜짝 놀라 팔다리를 움직여 봤어요. 사람처럼 움직일 수 있게 되다니! 아콩이가 도토리 형제들에게 외쳤어요.

"이렇게 해 봐, 이렇게! 우리도 도망가자!"

도토리 형제들은 아콩이를 따라 몸을 움찔거렸어요. 아콩이는 도토리 형제들을 응원했어요.

"할 수 있어! 힘을 내!"

하지만 도토리 형제들에게서는 팔다리가 나오지 않았어요. 매캐한 냄새는 점점 짙어졌어요. 아콩이는 혼자서라도 흙을 파내려고 땅을 긁어댔어요. 하지만 딱딱하게 얼어붙은 겨울 땅은 꿈쩍도 안 했어요.

"안 돼! 안 돼! 흙아, 제발 우리 좀 도와줘!"

아콩이는 도토리 형제들을 살리고 싶었어요.

그때 갑자기 다람쥐 굴이 무너지며 도토리들이 흙과 함께 공중으로 솟아올랐어요. 다람쥐 굴 밖에 있는 거대한 누군가가 도토리들을 들어 올린 거예요. 바로 엄마 굴참나무였어요. 아콩이에게 팔다리가 생긴 것처럼, 엄마 굴참나무에게도 팔다리가 있었어요. 엄마 굴참나무의 튼튼한 뿌리는 꽈배기처럼 꼬여 두 다리로, 나뭇가지는 팔과 손가락으로 변했어요. 겨울이라 잎이 떨어진 우듬지는 머리카락처럼 무성했지요. 그 바로 아래에 있는 옹이는 눈, 코, 입처럼 움직였어요.

"엄마!"

도토리들이 동시에 외쳤어요.

"그래, 내 아가들. 우리도 도망가자."

엄마 굴참나무가 도토리들을 품에 안고 두 다리로 변한 뿌리로 쿵쿵쿵쿵 달렸어요. 엄마 굴참나무뿐만 아니라 다른 모든 나무들도 자신의 아기 열매를 한 아름 안고 달렸어요. 쿵쿵쿵, 쿵쿵쿵.

멀리서 들려오던 폭격 소리가 점점 더 가까이 다가왔어요. 여기저기 폭탄이 떨어지고 불꽃이 하늘 위로 치솟았어요. 어디선가 날아온 불똥이 엄마 굴참나무 머리 쪽 마른 가지에 옮겨붙었어요. 엄마 굴참나무는 불똥을 떼어 내려고 손가락으로 마른 가지를 훑어 내렸어요. 가지를 쓸어 넘기니 잔가지가 바닥으로 후두둑 떨어졌어요.

하지만 불똥은 엄마 굴참나무의 가지 끝에 끈질기게 매달렸어요. 그리고 점점 몸집을 키워 갔지요. 엄마 굴참나무가 불덩이로 변했어요. 불덩이로 변해서도 엄마 굴참나무는 도토리들을 꼭 끌어안고 계속 달렸어요.

아콩이와 도토리 형제들은 엄마 굴참나무 품 안에서 비명을 질렀어요. 엄마 굴참나무가 너무 뜨거웠어요.

"엄마! 엄마!"

겨울날의 꿈

"엄마!"

아콩이가 소리치며 잠에서 깼어요. 이번엔 진짜 꿈이었어요. 꿈이라고 생각한 것은 현실이었고 현실이라고 생각한 것은 꿈이었어요. 숲이 불타는 동안 아콩이는 가족과 함께 도망치는 꿈을 꾼 거예요.

아콩이는 여전히 까맣게 타 버린 도토리 형제들 밑에 깔려 있었어요. 아콩이에게 팔다리 따위는 없었어요. 다 같이 살아 보자고 응원할 도토리 형제도 없었고요. 날이 조금 더 추워졌을 뿐, 변한 건 없었지요. 나무가 사라진 곳에는 새들도 찾아오지 않았어요.

엄마 굴참나무도 도토리 형제들처럼 까맣게 타 버렸을까요? 아콩이는 엄마 굴참나무가 걱정되었어요. 보고 싶었어요. 아콩이는 마음이 너무 아파 울음도 나지 않았어요. 그래도 이렇게 바라며 견뎠어요.

"어딘가에 살아남은 도토리가 있을 거야. 난 형제가 어마어마하게 많으니까."

아콩이는 엄마 굴참나무를 믿었어요. 엄마 굴참나무라면 반드시 전쟁을 이겨 낼 거라 생각했어요. 엄마 굴참나무는 10년이 열 번 있어 100년이 되고 100년이 세 번 있어 300년이 되는 긴 시간을 살아왔으니까요.

아콩이는 슬픔 속에서도 희망을 버리지 않고 다시 잠이 들었어요. 그리고 또 같은 꿈을 꾸었어요. 자기 몸에서 팔다리가 나오는 꿈. 땅에 붙박여 있던 엄마 굴참나무가 움직일 수 있게 되어 도토리 형제들을 끄집어내는 꿈. 하지만 이번에는 전에 꾸었던 꿈과 조금 달랐어요. 엄마 굴참나무가 도토리들을 품에 안고 이렇게 말했거든요.

"살아남기 위해서 도망쳐야 할 때도 있지만, 때로는 맞서 싸워야 해."

엄마 굴참나무는 적진을 향해 달려갔어요.

다른 모든 나무들도 엄마 굴참나무를 따르며 외쳤어요.

"감히 우리 숲을 불태우다니 용서할 수 없다!"

"돌격!"

나무들의 발소리는 폭격 소리만큼이나 컸어요.

쿵쿵쿵, 쿵쿵쿵.

나무들이 폭탄을 떨어트리는 비행기를 향해 커다란 바위를 뽑아 던졌어요. 그와 동시에 폭탄이 떨어지고 불꽃이 치솟았어요. 결국 엄마 굴참나무는 다시 불덩이로 변하게 되었어요. 그래도 엄마 굴참나무는 도토리들을 꼭 끌어안고 계속 싸웠어요.

아콩이와 도토리 형제들은 엄마 굴참나무 품 안에서 비명을 질렀어요. 엄마 굴참나무가 너무 뜨거웠어요. 모두 함께 불타는 그 끔찍한 순간, 아콩이는 비명을 지르며 다시 잠에서 깼어요.

전쟁은 도망가든 싸우든 죽음뿐이었어요.

나무들이 겨울잠을 자듯 도토리들도 겨울잠을 자요. 하지만 아콩이는 무서운 꿈을 꾸느라 지쳐 깊은 잠을 잘 수 없었어요. 전쟁 때문이에요.

아콩이는 잠이 들었다가 깨기를 되풀이했어요. 그럴 때마다 매번 비슷한 꿈을 꾸었지요.

까맣게 재만 남은 땅 위에 하얀 눈이 내려앉았어요. 새하얀 눈은 전쟁으로 타 버린 땅을 감쪽같이 가려 주었어요.

눈이 쌓이고 쌓여 까만 세상이 온통 하얗게 된 날이었어요. 낑낑거리는 소리에 아콩이가 잠에서 깼어요. 맞아요. 행복이가 찾아온 거예요. 아콩이가 땅속에 있어 볼 수 없었지만 집으로 돌아온 행복이는 야위었고 온통 검댕이 묻어 있었어요. 정신없는 피난길에 그루네 가족

49

을 잃어버리고 엄마 굴참나무가 있든 곳으로 돌아온 거예요.

행복이는 코를 씰룩이며 이곳저곳 냄새를 맡았어요. 매캐한 냄새 속에서 알아낼 수 있는 건 아무것도 없었어요.

행복이는 엄마 굴참나무 옆에 앉았어요. 그루와 아주머니, 아저씨가 보고 싶었어요. 앉아서 기다리려 했는데 엉덩이가 차가웠어요. 차가운 엉덩이만큼 마음도 시렸지요. 행복이의 눈 밑 털이 축축하게 젖어 들었어요.

매일 아침 해가 뜨면 행복이는 엄마 굴참나무를 찾아왔어요. 그을음을 뒤집어쓴 엄마 굴참나무 곁을 맴돌다 해가 지면 어디론가 돌아갔어요. 엄마 굴참나무가 있는 곳은 탄내 때문에 숨 쉬기도 힘들었거든요. 흰 눈이 덮여 깨끗해 보였지만 그 속은 그렇지 않았어요. 그래도 행복이는 하루도 거르지 않고 들렀어요. 그루와 아주머니, 아저씨를 기다려야 했으니까요. 행복이는 예전처럼 가족과 함께 지내고 싶었어요.

어느새 겨울이 지나고 눈이 녹아 진창이 되었어요. 흙 속으로 스며든 물이 아콩이를 꿈 없는 깊은 잠으로 빠져들게 했어요.

한편 땅 위에서는 검은 재와 흙이 뒤엉켜 행복이의 발을 무겁게 했어요. 행복이는 꼬리가 축 처졌어요. 오랫동안 먹지 못해 몸을 바들바들 떨었어요. 그래도 날은 조금 따뜻해졌어요. 진창 속에서도 봄은 오고 있나 봐요.

그리고 마침내 봄과 함께 반가운 손님이 찾아왔어요.

"행복아!"

바로 그루와 아주머니였어요.

행복이는 그루와 아주머니를 보고 겅중겅중 뛰었어요. 낑낑거리며 꼬리도 신나게 흔들었어요. 그루가 달려가 행복이를 끌어안았어요.

총이 아니라 꽃을 좋아했다던 아저씨는 보이지 않았어요. 대신 다른 식구가 함께 있었지요. 작은 아기였어요. 행복이는 아주머니가 안고 있는 아기 냄새를 맡아 보았어요. 아기 냄새가 좋았어요.

그루는 행복이를 만나 반가웠어요. 하지만 무너져 내린 집과 타 버린 나무를 보니 속상했어요. 서로에게 기대어 함께 살았던 보금자리도 지친 사람들에게 버팀목이 되어 주었던 나무도 이제 기억으로만 남게 되었어요.

아주머니가 그루의 등을 쓰다듬어 주었어요.

"너무 걱정 마. 자연은 스스로 상처를 낫게 할 수 있거든. 엄마랑 매일 와서 보자. 얼마나 나아졌는지. 나무가 건강해지면 우리 집도 다시 짓자."

아주머니 말대로 행복이와 그루, 아주머니와 아기는 매일 와서 엄마 굴참나무 주변을 둘러보았어요. 가족을 다시 만난 행복이는 털이 깨끗해졌고 조금씩 통통해졌어요. 아저씨는 끝내 돌아오지 않았어요. 아저씨도 사라진 집처럼 가족들과 친구들의 기억으로만 남게 되었어요.

봄날의 싹

그러던 어느 봄날이었어요. 땅속의 아콩이는 여전히 꿈에서 끝나지 않는 전쟁을 치르고 있었지요.

아콩이는 낑낑거리며 다리처럼 생긴 뿌리와 팔처럼 생긴 가지를 열심히 키웠어요. 도토리 형제들과 엄마 굴참나무를 전쟁에서 구해 내기 위해 튼튼하고 긴 팔다리가 필요했거든요. 꿈을 하도 많이 꾸어서 이제는 꿈을 원하는 대로 조종할 수 있게 된 거예요. 폭탄이 떨어져 불이 나고 아콩이의 뿌리와 가지가 엄마 굴참나무의 것처럼 커졌는데, 그때 축축한 무언가가 아콩이를 건드렸어요.

바로 행복이 코였어요. 행복이는 킁킁거리며 자꾸만 아콩이를 간지

럼 태웠어요. 아콩이는 킥킥대면서 꿈속의 꿈인가 생각했어요. 행복이가 땅속에 들어왔을 리 없으니까요.

"엄마, 여기 싹이 났어요!"

어디선가 그루의 목소리도 들렸어요. 아콩이는 소리가 나는 곳을 올려다봤어요. 그루가 쪼그려 앉아 자기를 내려다보고 있었어요. 행복이는 자꾸만 아콩이를 핥아댔어요.

아주머니가 뭉클한 듯 말했어요.

"정말 여기저기 싹이 많이 나왔네. 도토리들이 살아남았어."

'싹이라고? 내가 싹이 되었다고?'

아콩이는 그루와 아주머니 말을 믿을 수 없어 주위를 둘러보았어요. 아래로는 갈색 흙이, 위로는 파란 하늘이 보였어요. 군데군데 도토리 형제들이 싹을 틔운 모습도 볼 수 있었어요. 어치나 다람쥐가 숨겨둔, 불에 닿지 않은 도토리들이었지요.

"이 쪼끄만 게 도토리 싹이라고요?"

"그래. 지금은 작은 싹이지만 언젠가는 어엿한 참나무가 되어 숲을 이루게 될 거야."

그루와 아주머니의 대화를 듣고 아콩이는 신이 났어요.

"정말? 그럼 난 가족들과 뿌리로 만날 수 있겠네!"

아콩이는 엄마 굴참나무와의 약속을 지킬 수 있을 것 같았어요. 모두 함께하는 삶이라니! 이제 엄마를 만날 수 있는 걸까요?

도토리 형제들은 싹을 틔우고 나서도 여전했어요.

"넌 왜 이렇게 쪼그맣냐?"

"네가 할 말은 아닌 것 같은데. 넌 나보다 더 작잖아."

"내가 볼 때 너희들 다 거기서 거기야. 여기서 내가 제일 클걸?"

"아냐, 내가 더 커."

"아니야, 내가 더 크거든."

그 모습을 보고 아콩이가 외쳤어요.

"저기!"

이제는 싹이 된 도토리 형제들이 아콩이를 돌아봤어요. 아콩이가 떨리는 목소리로 물었어요.

"혹시 내가 보여?"

"보이지."

"아주 작은 싹이라 눈을 크게 뜨고 봐야 하지만."

도토리 형제들의 답에 아콩이는 너무 좋아서 춤을 추고 싶었어요.

"나, 막내야. 나도 싹이 됐다!"

도토리 형제들은 아콩이를 보고 예전처럼 다시 놀려댔어요.

"막내는 아직도 너무 작아."

"개미만 하지."

"목소리도 개미 소리만 하고."

도토리 형제들이 짓궂게 말해도 아콩이는 웃어넘겼어요. 뿌리를 내리고 싹을 틔운 것이 너무 뿌듯했거든요. 그러자 도토리 형제들은 이렇게 말했어요.

"그래도 막내는 강해."

"전쟁에서 살아남았어."

"살아남은 도토리는 강하지."

아콩이는 살그머니 웃음 짓다 그만, 까맣게 타 버린 엄마 굴참나무를 보고 말았어요.

아콩이는 놀라서 잠시 멍해졌어요.

'엄마는 평생 살 줄 알았는데, 항상 멋진 모습으로 서 있을 줄 알았는데.'

아콩이는 이제 알았어요. 크고 작고의 문제는 중요하지 않다는 것을 말이지요.

엄마 굴참나무 옆에는 진달래가 피어 있었어요. 까맣게 타 버린 엄마 굴참나무 때문인지 분홍빛이 도드라져 보였어요. 그래서 더욱더 마음이 아팠어요.

"엄마, 보고 싶어요."

아콩이는 흐느껴 울었어요. 엄마 굴참나무와 함께 진달래꽃을 보고 싶었어요.

그런데 그때, 엄마 굴참나무 목소리가 들려왔어요.

"엄마 여기 있잖아."

아콩이는 깜짝 놀라 큰 소리로 엄마 굴참나무를 불렀어요. 어쩌면 여전히 꿈속일지도 모른다고 생각하면서요.

"엄마? 엄마 어디 있어요?"

"여기, 항상 서 있는 곳에. 겨울잠을 자는 동안 모습이 많이 바뀌었지만."

아콩이는 불에 그을려 변해 버린 엄마 굴참나무를 믿을 수 없다는 듯 바라보았어요.

"엄마, 살아 있는 거예요?"

"그래. 이렇게 이파리 하나도 나왔잖니."

"어디요?"

아콩이는 얼른 엄마 굴참나무의 푸른 잎을 보고 싶었어요. 엄마 굴참나무가 살아 있다는 걸 보고 싶었어요.

"여기. 진달래에 가려서 내가 잘 보이지 않겠구나."

마침 따스한 봄바람이 진달래꽃을 살짝 옆으로 밀어 주었어요. 그때, 엄마 굴참나무의 바늘 톱니 모양 이파리가 반갑게 손을 흔들었어요.

"엄마!"

아콩이도 엄마 굴참나무를 향해 작은 싹을 흔들었어요. 엄마 굴참나무가 싱긋 웃으며 물었어요.

"그래, 아가. 열심히 자랐구나. 이제 네가 자라고 있다는 게 느껴지니?"

"네!"

"땅속뿌리를 단단히 해야지. 그래야 힘든 일이 있어도 살아남을 수 있어."

엄마 굴참나무는 불타 버린 숲을 둘러보며 덧붙였어요.

"우리가 살아야 다른 생명들도 살 수 있단다. 모든 삶은 이어져 있으니까."

"네, 알겠어요!"

아콩이가 솜털 같은 뿌리를 엄마 굴참나무에게 뻗었어요.

푸른 햇살이 굴참나무 숲 가득 쏟아졌어요. 저 멀리서 행복이와 그루, 그리고 아주머니와 아가의 웃음소리가 들려왔어요.

아콩이는 여전히 크고 싶어요. 자신의 뿌리가 가족들의 뿌리와 맞닿을 때까지 더 크게 더 길게! 그렇게 함께 살고 싶어요.